Analyse de l'œuvre

Par Marine Riguet et Johanna Biehler

L'Assommoir

d'Émile Zola

Rendez-vous sur lepetitlitteraire.fr et découvrez :

Plus de 1200 analyses
Claires et synthétiques
Téléchargeables en 30 secondes
À imprimer chez soi

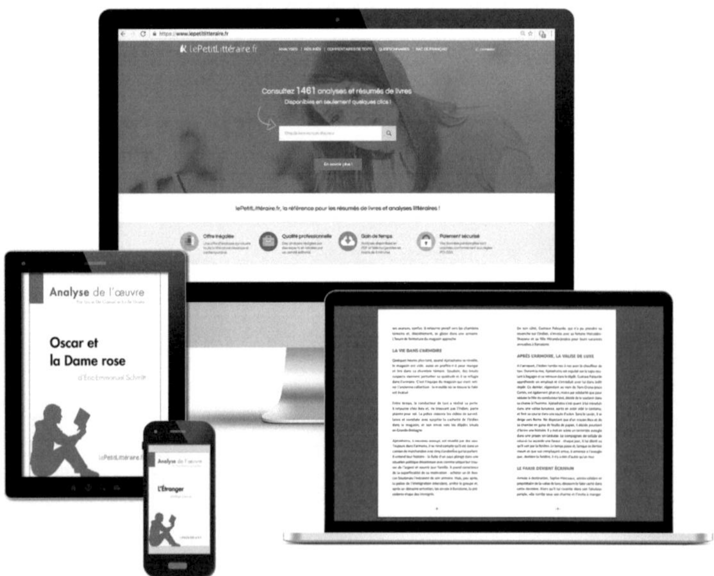

ÉMILE ZOLA   1

L'ASSOMMOIR   2

RÉSUMÉ   4

Chapitre I
Chapitre II
Chapitre III
Chapitre IV
Chapitre V
Chapitre VI
Chapitre VII
Chapitre VIII
Chapitre IX
Chapitre X
Chapitre XI
Chapitre XII
Chapitre XIII

ÉTUDE DES PERSONNAGES   9

Les personnages principaux
Les personnages secondaires

CLÉS DE LECTURE   14

L'écriture naturaliste
Un tableau pessimiste
La chute de Gervaise

PISTES DE RÉFLEXION   26

ÉMILE ZOLA

ÉCRIVAIN ET JOURNALISTE FRANÇAIS

- **Né en 1840 à Paris**
- **Décédé en 1902 dans la même ville**
- **Quelques-unes de ses œuvres :**
    - *Nana* (1880), roman
    - *Au Bonheur des dames* (1883), roman
    - *Germinal* (1885), roman

Né en 1840 et décédé en 1902, Émile Zola est considéré comme l'un des romanciers majeurs du xixe siècle en France. Il est principalement reconnu en tant que chef de file du mouvement naturaliste qui entend appliquer à la littérature les méthodes scientifiques expérimentales de l'époque : après observation du réel, Zola émet une hypothèse et la vérifie par expérimentation dans ses œuvres. Il illustre notamment cette esthétique dans le cycle romanesque des *Rougon-Macquart*, une fresque de vingt livres qui constitue la principale œuvre de l'auteur et qui connaitra un grand succès malgré de nombreuses critiques.

Zola est également célèbre pour ses prises de position, souvent sources de condamnations. La plus notoire concerne l'affaire Dreyfus où son pamphlet *J'accuse… !* (1898) contribua grandement à l'issue heureuse du procès du capitaine Dreyfus (1859-1935).

L'ASSOMMOIR

UNE PEINTURE SANS CONCESSION DU MONDE OUVRIER

- **Genre :** roman réaliste
- **Édition de référence :** *L'Assommoir*, Paris, Hachette, coll. « Classiques Hachette », 1999, 495 p.
- **1ʳᵉ édition :** 1876
- **Thématiques :** alcoolisme, pauvreté, déchéance, fatalité, déterminisme

L'Assommoir, publié en 1877, est le septième livre des *Rougon-Macquart*. L'auteur y dépeint la société ouvrière dans toute sa promiscuité et sa misère, milieu qu'il a lui-même côtoyé dans sa jeunesse. Il est l'un des premiers écrivains à représenter cette partie de la population en littérature. Bien que ce roman, jugé immoral et pornographique, fit scandale à sa parution, il reste l'un des plus grands succès de Zola.

Ce roman se construit autour du personnage de Gervaise, fille d'Antoine Macquart et petite-fille d'Adelaïde Fouque, à l'origine de la lignée. Zola alterne les styles et surprend son lecteur : *L'Assommoir* est d'un réalisme parfois à la limite du supportable et n'a que peu de choses en commun avec la poésie de *La Faute de l'abbé Mouret* (1875) qui le précède.

Le roman commence quand Gervaise arrive à Paris. Nous ne savons que très peu de choses de sa vie à Plassans et de sa famille, si ce n'est qu'elle a une sœur charcutière à Paris (Lisa Quenu, présente dans *Le Ventre de Paris*, 1873). Quant à son frère Jean, il sera le personnage principal de *La Terre* (1887). Les quatre enfants de Gervaise seront à leur tour des héros d'une œuvre de Zola, illustrant divers milieux (les artistes, les paysans, les prostitués et les mineurs).

RÉSUMÉ

CHAPITRE I

Le roman débute en mai 1850. Gervaise est une jeune blanchisseuse, mère de deux garçons, Claude et Étienne, fraichement arrivés de leur ville natale de Provence, Plassans. Elle attend toute la nuit le retour de son compagnon, Lantier. Pourtant, au petit matin et à peine rentré, ce dernier quitte Gervaise et ses enfants pour partir vivre avec Adèle, une ouvrière brunisseuse, dont la tâche est de brunir les métaux. Humiliée et folle de douleur, Gervaise se bat au lavoir avec la sœur d'Adèle, Virginie, qu'elle oblige à prendre la fuite.

CHAPITRE II

Un mois plus tard, Coupeau, un ouvrier zingueur, fait une cour assidue à Gervaise : il l'invite à manger une prune (fruit trempé dans une liqueur) à l'*Assommoir*, un débit de boisson tenu par le père Colombe, avant de la demander en mariage quelques jours plus tard. Gervaise, d'abord réticente, finit par céder. Ils annoncent leurs fiançailles aux Lorilleux, la sœur et le beau-frère de Coupeau : ceux-ci se montrent grossiers, avares et témoignent immédiatement leur hostilité vis-à-vis du jeune couple, notamment en raison de leurs activités professionnelles, considérées comme moins nobles.

CHAPITRE III

Ce chapitre est consacré aux noces de Coupeau et de

Gervaise. Zola décrit le mariage dans ses moindres détails, depuis les préparatifs et la gestion des finances jusqu'au jour J. Le couple se ruine pour plaire aux invités. Néanmoins, la cérémonie est gâtée à plusieurs reprises : le maire est en retard, la messe est misérable, les invités se plaignent, tandis que, à la fin des noces, Coupeau se dispute avec le restaurateur qui lui demande de payer plus que ce qui était convenu. L'aversion de Mme Lorilleux pour le jeune couple s'accroit de jour en jour et se traduit notamment par le surnom péjoratif qu'elle attribue à Gervaise, la Banban. À la fin de la journée, la rencontre avec un croquemort complètement ivre, le père Bazouge, effraie Gervaise : c'est lui qui enterrera Gervaise à la fin du roman, cette rencontre faisant ainsi figure de prémonition. L'enchainement des contretemps est un présage à la triste fin du mariage : cet évènement, qui devrait être une fête, est teinté de tristesse et de désagréments.

CHAPITRE IV

Depuis leur union, quatre ans se sont écoulés. Les Coupeau vivent désormais honnêtement et déménagent dans la rue Neuve-de-la-Goutte-d'Or. Gervaise donne naissance à une fille, Nana, de qui les Lorilleux acceptent hypocritement de devenir le parrain et la marraine. Lorsque la mercerie de la rue Neuve-de-la-Goutte-d'Or est à louer, Gervaise élabore peu à peu le projet d'y tenir sa propre boutique. Or une chute de Coupeau l'oblige à soigner son mari pendant six mois et ruine le ménage, Coupeau étant désormais incapable de travailler. Malgré son endettement, Gervaise continue de rêver à la mercerie : elle finit par louer la boutique en empruntant de l'argent à son nouveau voisin de palier, Goujet, un forgeron secrètement amoureux d'elle.

CHAPITRE V

Gervaise s'établit et ouvre sa nouvelle blanchisserie. Grâce à son travail acharné, elle acquiert rapidement de l'aisance et fait de sa boutique un centre actif de la rue. Une discrète amitié s'établit entre elle et Goujet. Toutefois, Gervaise peine à rembourser ses dettes. De plus, Coupeau a changé depuis sa maladie : il garde une rancœur envers le travail, prend l'habitude de boire et se montre injuste envers son fils Étienne qu'il réprimande sans raison.

CHAPITRE VI

Étienne est engagé comme apprenti dans la forge de Goujet. Gervaise rencontre Virginie, qu'elle n'avait pas revue depuis leur dispute au lavoir et se lie d'amitié avec elle. Cette dernière, qui a épousé un ancien ouvrier ébéniste nommé Poisson, apprend à Gervaise que Lantier s'est séparé d'Adèle. Coupeau, buvant de plus en plus, rentre ivre.

CHAPITRE VII

La fête qu'organise Gervaise, le 19 juin 1858, marque l'apogée de sa prospérité : c'est un immense festin pour lequel elle dépense des sommes folles afin d'impressionner ses invités. Au dessert, Lantier fait son apparition sur le trottoir d'en face : Coupeau l'invite à entrer pour se joindre à leur fête.

CHAPITRE VIII

Coupeau propose à Lantier de l'héberger en échange d'une pension que ce dernier ne paiera finalement jamais. Tous deux passent leurs journées à boire l'argent de Gervaise, pendant que celle-ci s'épuise à la tâche et multiplie ses dettes. Par faiblesse, Gervaise redevient la maitresse de Lantier. Parallèlement, Goujet lui avoue son amour et lui propose de s'enfuir avec lui, mais Gervaise refuse d'abandonner ses responsabilités.

CHAPITRE IX

Gervaise s'enfonce peu à peu dans la misère. Elle néglige autant la qualité de son travail que la propreté de sa maison et se fâche avec Goujet. Coupeau, quant à lui, sombre dans l'alcoolisme. La mère de ce dernier, que Gervaise avait accueillie chez elle, décède : son enterrement finira de ruiner Gervaise. La jeune femme est alors contrainte de rendre sa boutique, rachetée par Virginie. Celle-ci devient la maitresse de Lantier, profitant de la déchéance de Gervaise pour se venger du passé.

CHAPITRE X

Les Coupeau emménagent alors dans une chambre au sixième étage. Nana, âgée de 13 ans, fait sa première communion, tandis que Gervaise, qui redevient ouvrière, travaille mal et se laisse gagner par le désespoir. Elle porte cependant secours à sa jeune voisine, Lalie, qui est maltraitée par son père alcoolique. Coupeau est hospitalisé à Sainte-Anne pour une crise de folie causée par l'alcool. Cependant, loin d'arrêter de boire, il entraine Gervaise avec lui et l'incite à consommer de l'alcool.

CHAPITRE XI

Nana, adolescente effrontée, fugue à plusieurs reprises avec des hommes qu'elle rencontre pour échapper à la misère du foyer familial. Gervaise est défigurée par la pauvreté. Souffrant de faim, enlaidie et boiteuse, elle devient malhonnête.

CHAPITRE XII

Face au refus des Lorilleux de lui prêter de l'argent et confrontée au mépris de Coupeau, Gervaise tente de se prostituer ; dans la rue, elle rencontre Goujet qui lui offre à diner et lui accorde son pardon.

CHAPITRE XIII

Gervaise assiste à la mort de Coupeau à Sainte-Anne. Elle s'éteint ensuite dans la faim et le froid, seule et oubliée de tous, dans un réduit de son immeuble.

ÉTUDE DES PERSONNAGES

Zola introduit un grand nombre de personnages, de tous âges et de toutes professions, afin de dépeindre l'ensemble de la société ouvrière de son temps.

LES PERSONNAGES PRINCIPAUX

Gervaise

Gervaise Macquart est le personnage central du roman. Dans *La Fortune des Rougon*, on apprend qu'elle est la fille d'Antoine Macquart, un ivrogne paresseux, et de Joséphine Gavaudan. Originaire de Plassans, nom imaginaire donné à Aix-en-Provence, elle est née boiteuse, sans doute en raison des coups que recevait sa mère alors qu'elle était enceinte ; les Lorilleux la surnommeront ainsi la Banban pour se moquer de sa jambe.

Au début de *L'Assommoir*, Gervaise a 22 ans, et s'installe à Paris avec Lantier et leurs deux enfants. Elle est décrite au comme « grande, un peu mince, avec des traits fins, déjà tirés par la rudesse de la vie » (chapitre I). C'est une femme au grand cœur et travailleuse, qui se dévoue constamment pour les autres : elle veille, par exemple, à préparer le diner pour Coupeau alors qu'elle est sur le point d'accoucher. Dans la première moitié du roman, elle réussit à prospérer par le mérite, en passant du statut d'ouvrière à celui de propriétaire. Toutefois, un tournant s'opère lors du retour de Lantier, qui signe le début de sa déchéance. En effet, malgré l'alcoolisme de son mari, Gervaise parvient à maintenir sa boutique jusqu'à ce que Lantier réapparaisse et profitent de ses bénéfices.

Elle perd peu à peu ses qualités morales et devient gourmande, paresseuse et lâche. Elle se dégrade aussi physiquement : elle s'empâte et boite plus violemment. À la fin du roman, elle sombre dans la misère, l'alcoolisme et la prostitution. Son dernier portrait contraste avec le premier : elle parait sous la forme d'« une ombre énorme, trapue, grotesque tant elle était ronde [...] Elle louch[e] si fort de la jambe, que, sur le sol, l'ombre fai[t] la culbute à chaque pas ; un vrai guignol ! » (chapitre XII) Elle meurt de façon sordide et n'est découverte que deux jours plus tard par les voisins, alertés par l'odeur de putréfaction dégagée par son cadavre.

Lantier

Auguste Lantier est le premier compagnon de Gervaise qu'il a rencontrée à Plassans. Ouvrier tanneur dépensier et infidèle, il abandonne Gervaise et ses enfants au début du récit sans le moindre remords. Sa réapparition au cours du roman précipite la déchéance de Gervaise. À la manière d'un parasite, il s'impose chez les Coupeau, profite de leur argent et de son ancienne compagne, tout en incitant Coupeau à boire. Lorsque la boutique est vendue aux Poisson, Lantier s'installe chez ces derniers et prend Virginie pour maitresse. Il provoque autour de lui la débauche et la ruine.

Coupeau

Ouvrier zingueur et fils d'un alcoolique, Coupeau est surnommé Cadet-Cassis par ses camarades car il préfère le cassis au vin. Au début du roman, c'est un honnête homme, amoureux fou de Gervaise et bon travailleur, veillant au bonheur de son foyer. Mais une chute sur son lieu de travail, le transforme : « Il garda une sourde rancune contre le travail. » (chapitre IV) Dès lors, il devient paresseux et sombre peu à peu dans l'alcool. Il se montre même violent envers Gervaise et ses enfants. Il finit par tomber dans la démence, sujet à des crises de folie qui le conduisent à sept reprises à Sainte-Anne, où il mourra de façon misérable.

Nana

Fille de Gervaise et de Coupeau, Nana est négligée dans son éducation : elle grandit parmi les voyous du quartier et est très tôt initiée à une vie d'adulte. Elle se réfugie dans l'univers du plaisir pour échapper à la misère et à la violence de ses parents en s'enfuyant avec des hommes qui la couvrent de cadeaux. Quand ceux-ci se sont lassés d'elle, elle revient chez ses parents qui la battent de plus belle, ne supportant pas ses riches toilettes. Zola lui consacre le chapitre XI, en annonce du roman qui portera son nom et dont elle sera l'héroïne.

LES PERSONNAGES SECONDAIRES

Les Lorilleux

Sœur et beau-frère de Coupeau, les Lorilleux sont des ouvriers bijoutiers marqués par l'avarice. Hostiles envers Gervaise, ils représentent le monde de la mesquinerie et de la médisance. Ils refuseront de venir en aide aux Coupeau lorsque ceux-ci tomberont dans la misère.

Virginie

Virginie est la sœur d'Adèle, pour qui Lantier quitte Gervaise au début du roman. Virginie et Gervaise se battent alors violemment dans un lavoir. Lorsque les deux femmes se rencontrent, des années plus tard, Virginie est mariée à M. Poisson. Sournoise, elle prétend devenir l'amie de Gervaise pour se venger de leur ancien différend : elle rachète ainsi sa boutique et lui prend son amant, Lantier. Elle-même sombrera dans la misère à la fin du roman. C'est un personnage double et ambigu.

Goujet

Goujet, qui vit toujours chez sa mère, est le voisin de Gervaise et de Coupeau. Son sérieux et son sens des économies font de lui un bon ouvrier. Amoureux de Gervaise tout au long du roman, il est le seul homme qui lui vouera toujours un profond respect : il lui prête une importante somme d'argent pour qu'elle puisse ouvrir sa blanchisserie, sans jamais lui reprocher ses dettes. À la fin du roman, alors qu'il trouve Gervaise humiliée par la prostitution, il prend pitié d'elle et lui offre un repas.

Le père Bazouge

Croquemort alcoolique, le père Bazouge devient pour Gervaise l'allégorie de la mort. La blanchisseuse est effrayée lors de sa première apparition au début du roman alors qu'elle se marie à Coupeau. Mais après ses années de misère, elle le supplie de l'emporter avec lui. C'est lui qui enterre Gervaise. Le roman se clôt sur ses paroles : « Va, t'es heureuse. Fais dodo, ma belle ! » (chapitre XIII)

Claude et Étienne

Fils de Gervaise et de Lantier, Claude est envoyé à Plassans chez un amateur de tableaux qui se charge de son éducation. On le retrouvera dans *L'Œuvre* sous les traits d'un artiste maudit.

Étienne, maltraité par Coupeau, travaille à la forge avec Goujet avant de partir travailler comme mécanicien à Lille. Il sera le héros de *Germinal*.

CLÉS DE LECTURE

L'ÉCRITURE NATURALISTE

Le contexte littéraire du XIXe siècle

À la suite du mouvement réaliste, qu'inaugurent les romans de Flaubert (1821-1880), la fin du XIXe siècle, on voit se développer le naturalisme dans les œuvres de Zola et des frères Goncourt (Edmond, 1822-1896 ; Jules, 1830-1870). Cette esthétique prône une écriture du réel s'appuyant sur une démarche scientifique inspirée par les progrès de l'époque en physiologie et en sociologie, et par les essais du Dr Claude Bernard (physiologiste français, 1813-1878).

À cette époque, *La Comédie humaine* de Balzac (écrivain français, 1799-1850) sert de modèle romanesque par la volonté de son auteur de peindre l'ensemble de la société avec le plus grand réalisme. Zola s'en inspire pour *Les Rougon-Macquart*, une fresque de vingt romans publiés entre 1871 et 1893. Ce cycle est l'occasion pour lui de rendre compte d'une société entière, celle du Second Empire (1852-1870), en reprenant certaines caractéristiques de l'écriture balzacienne, telles que le retour des personnages d'un roman à l'autre, ou l'esthétique du roman-feuilleton.

Le projet naturaliste de Zola

Dans *Le roman expérimental* (1880), Zola définit le naturalisme comme « l'étude de l'homme naturel, soumis aux lois physicochimiques et déterminé par les influences du milieu » (*Œuvres complètes*, 1968, p. 1186). Le mouvement naturaliste s'apparente donc à une étude scientifique de l'homme. Pour ce faire, tout en voulant rendre compte d'une société dans son ensemble, Zola s'intéresse à « une seule famille, en montrant le jeu de la race modifiée par les milieux » (*op. cit.*, tome XI, p. 64). Ainsi, les personnages évoluent au fil des générations selon l'hérédité, les vertus ou les vices de la société qui les entoure : ils sont soumis à l'influence des gènes et du milieu social, qui pèse sur eux et les transforme.

L'Assommoir traite tout particulièrement du milieu ouvrier, jusque-là absent de la littérature française. Zola, dans sa préface, définit son œuvre comme « le premier roman sur le peuple, qui ne mente pas et qui ait l'odeur du peuple » (*op. cit.*, tome III, p. 600). Les personnages, déterminés malgré eux par l'hérédité et leur milieu, échouent à accomplir l'ascension sociale à laquelle ils aspirent tant. Le quartier de la Goutte-d'Or apparait comme un microcosme fermé d'où il est difficile de s'échapper. Les gens honnêtes, tels Coupeau ou Gervaise au début du roman, se laissent entrainer dans la paresse et l'alcool par leurs camarades. D'autre part, les personnages semblent rattrapés par leur hérédité alcoolique, en dépit de leurs efforts pour mener une vie respectable. Ainsi Gervaise, fille d'un ivrogne, ne peut-elle résister longtemps à la tentation de la boisson : « On n'aurait eu qu'à lui donner une chiquenaude sur les reins pour l'envoyer faire une culbute dans la boisson. » (chapitre X)

Une méthode exigeante

Zola mène une véritable enquête scientifique avant d'écrire ses romans. Pour *L'Assommoir*, il se documente sur l'idéologie ouvrière, notamment grâce à *L'ouvrière* (1861) de Jules Simon (homme politique français, 1814-1896), sur les conséquences médicales de l'alcoolisme et sur le langage argotique avec *Le dictionnaire de la langue verte : Argots parisiens comparés* (1866). De plus, il se déplace dans le quartier parisien de la Goutte-d'Or pour réaliser des croquis. Le roman est ainsi bâti sur des recherches et des observations afin de rendre compte de la réalité le plus fidèlement possible.

Le choix d'un langage argotique

Poursuivant sa volonté d'être le plus réaliste possible, Zola donne à lire dans *L'Assommoir* le langage du peuple en s'appuyant sur des expressions ouvrières et sur l'argot parisien. Le langage de la rue prédomine (« ces saloperies d'enfants en fuite », « cette merdeuse de dix ans », chapitre VII) et se dégrade au cours du roman, devenant de plus en plus vulgaire à mesure que les Coupeau s'enfoncent dans la déchéance.

L'argot, encore peu employé dans la littérature, est l'occasion pour Zola d'inventer de nouvelles expressions par le biais de néologismes ou de métaphores (« dépuceleur de nourrices », « festonner », etc.). À la publication du roman, ce langage, par son aspect trivial, a suscité de nombreuses critiques de la part des conservateurs.

Une étude engagée ?

Pour justifier son entreprise naturaliste face à ses détracteurs, Zola écrit dans sa préface :

> « Au bout de l'ivrognerie et de la fainéantise, il y a le relâche-

> ment des liens de la famille, les ordures de la promiscuité,
> l'oubli progressif des sentiments honnêtes, puis comme
> dénouement la honte et la mort. C'est de la morale en ac-
> tion, simplement. *L'Assommoir* est à coup sûr le plus chaste
> de mes livres. »

Il attribue ainsi à son roman une visée morale puisqu'il y punit le vice par la décadence. De plus, Zola prône son objectivité en tant que romancier qui, comme le savant, se contente d'observer les faits du réel sans jamais prendre parti.

Pourtant, le projet est en réalité plus complexe : il s'agit, par un réalisme extrême, de dénoncer la misère du peuple. Si Zola rend peut-être le tableau plus noir qu'il ne l'est en réalité (ce dont l'accusent certains), c'est dans le but de déclencher une prise de conscience. De la vérité seule peut découler une amélioration de la condition ouvrière.

UN TABLEAU PESSIMISTE

De mauvaises conditions sociales

Suivant son projet d'écriture, Zola n'hésite pas à présenter les difficultés quotidiennes des ouvriers. Le travail est au centre de leur vie : ils se plient à des tâches contraignantes, travaillent souvent plus de 10 heures par jour et dépendent entièrement de leur patron. Les conditions de travail sont mauvaises dans la mesure où les ouvriers s'usent physiquement et risquent des accidents (en témoigne la chute de Coupeau). De plus, aucune aide sociale ni aucune sécurité ne leur sont octroyées : il suffit d'un simple accident de travail pour ruiner toute une famille.

Les femmes connaissent une vie encore plus rude que les hommes : en travaillant tout autant qu'eux, elles doivent s'occuper de leur foyer. Gervaise, le personnage principal, illustre bien cette condition féminine : elle prépare un ragout pour Coupeau alors qu'elle est sur le point d'accoucher ; plus tard, elle s'épuise à la tâche, tandis que Lantier et Coupeau dépensent l'argent du ménage dans la boisson. Outre ces conditions de travail, les femmes subissent constamment la violence des hommes. En effet, Gervaise et Nana se font insulter et battre par Coupeau, tandis que la jeune Lalie meurt sous les coups de son père.

Enfin, la promiscuité et la misère favorisent la violence (la bagarre du lavoir au chapitre I en est un excellent exemple), et entrainent mendicité et prostitution.

L'alcoolisme

Les ravages causés par l'alcool sont au cœur du roman, comme l'annonce le titre : l'*Assommoir* est le débit de boisson que tient le père Colombe et qui cause peu à peu la perte de Lantier, de Coupeau et de Gervaise. Il est un lieu central du livre, présent dès le chapitre II. Au milieu du café, l'alambic qui produit l'alcool destructeur se transforme en un monstre infernal : « L'ombre de l'appareil, contre la muraille du fond, dessinait des abominations, des figures avec des queues, des monstres ouvrant leurs mâchoires comme pour avaler le monde. » (chapitre X)

L'alcoolisme semble toucher tous les personnages un à un,

que cette atteinte soit directe (par son propre alcoolisme) ou indirecte (à travers l'alcoolisme de ses parents). Il les conduit inexorablement vers la misère, la faim et la violence : il transforme Bijard, le père de Lalie, en meurtrier, Coupeau en fou, et plonge Gervaise dans une lente agonie. La prune que partagent Coupeau et Gervaise lors de leur première rencontre annonce d'emblée cette destruction. Au cours du roman, Coupeau devient même une allégorie de l'alcoolisme par sa transformation progressive, à la fois physique et morale.

Les vices humains

Zola dépeint la progressive déchéance morale : à l'instar de Gervaise, la majorité des personnages honnêtes sombrent dans le vice et le déshonneur. Ce sont d'abord les valeurs familiales qui sont brisées lorsque Lantier loge chez les Coupeau et reprend Gervaise pour maitresse. La prospérité du couple prend alors fin, obligeant Gervaise à vendre sa boutique et à redevenir une simple ouvrière. Le travail est également remis en cause puisque Coupeau et Gervaise le négligent et l'abandonnent peu à peu. De courageux, ils deviennent paresseux et indifférents : « Gervaise, maintenant, traînait ses savates, en se fichant du monde. On l'aurait appelée voleuse, dans la rue, qu'elle ne se serait pas retournée. » (chapitre XI) Ce sont ensuite au tour des valeurs morales de s'effondrer, telles que le travail honnête. Enfin, le déshonneur finit par marquer chacun : Nana se fait entretenir, et Gervaise tente de se prostituer.

Les personnages secondaires participent eux aussi à cette peinture des vices :

- les Lorilleux, cruels et avares, refusent d'aider leur propre famille et jalousent la réussite de Gervaise au début du roman ;
- Lantier, en opportuniste, contribue à la ruine de son entourage ;
- Virginie feint l'amitié pour se venger de Gervaise.

Seuls les personnages de Lalie et de Goujet échappent à ce pessimisme de la nature humaine en incarnant la générosité, la bonté et le sacrifice : Goujet personnifie le bon ouvrier, travailleur et plein de bonté, sans qu'on ne sache précisément quelle fin il connaitra.

LA CHUTE DE GERVAISE

Écrire un livre qui représente la « déchéance fatale d'une famille ouvrière, dans le milieu empesté de nos faubourgs » (préface de *L'Assommoir*) est le projet mené par Zola dans ce roman. Cette chute passe par trois changements majeurs dans la vie de Gervaise, symbolisant le passage d'une vie digne et industrieuse à une survie pleine de vices. Elle qui est montrée, au début de *L'Assommoir*, comme un sujet admirable, sera rattrapée à la fois par son hérédité (l'alcoolisme, la paresse et l'obésité) et les travers de son milieu (la violence et la prostitution). Sa déchéance passe ainsi par des bouleversements physiques, moraux et environnementaux : Zola démontre, grâce à un enchainement de faits, toute la complexité de ce milieu où un petit « accident » peut avoir de lourdes conséquences.

De l'abondance à la faim

Si le défaut principal de Gervaise est son inclination pour l'alcool, le personnage montre également peu de retenue vis-à-vis de la nourriture. Au fur et à mesure du roman, elle devient de plus en plus corpulente, à l'instar de sa mère Joséphine Gavaudan qui était obèse et avait une jambe plus courte que l'autre. Ainsi, plus la vie de Gervaise se délite, plus elle devient grosse et boiteuse : la belle jeune femme se transforme en un tas informe et bancale. Chez Zola, la paresse et la gourmandise semblent aller de pair. Si l'auteur nous présente un portrait tout d'abord flatteur de son héroïne, il montre petit à petit au lecteur que Gervaise a quelques faiblesses : « Elle s'oubliait parfois sur le bord d'une chaise... avec un sourire vague, la face noyée d'une joie gourmande. Elle devenait gourmande. » (chapitre V)

Le roman est ainsi ponctué par trois grands repas, qui symbolisent chacun un moment clé dans la vie de Gervaise et de ses proches. Le menu servi, allant de l'abondance pour les deux premiers à une certaine frugalité pour le troisième, exprime la perte de ressources du ménage alors que le corps de Gervaise devient, dans le même temps, de plus en plus imposant. Le premier repas décrit est celui du mariage du couple (chapitre III). La description du deuxième repas, donné pour l'anniversaire de Gervaise, montre tant une transformation physique qu'un changement dans le comportement de la jeune femme :

> « Gervaise, énorme, tassée sur les coudes, mangeait de gros morceaux de blanc, ne parlant pas, de peur de perdre une bouchée ; et elle était seulement un peu honteuse devant

Consciente de son intempérance, elle ne semble pourtant pas pouvoir s'arrêter ou, du moins, retrouver une certaine mesure. Dans sa description du repas, Zola présente les convives comme se jetant sur les plats et avalant goulument de grandes quantités de nourriture, tels des animaux affamés, ce qui annonce la façon dont mourra Gervaise, dans une « niche », comme un chien.

Le troisième repas (chapitre X) est organisé pour fêter deux occasions en une seule dépense : la communion de Nana d'une part et la pendaison de crémaillère des Poisson d'autre part. Les finances du ménage étant au plus bas, la débauche de nourriture caractéristique des deux premiers repas fait place à une certaine sobriété. Pourtant, si l'argent commence à manquer, Gervaise continue à grossir au point de devenir « une vraie boule » (chapitre IX). Malgré le manque, l'hérédité de l'héroïne continue son terrible travail et la fait devenir si grosse qu'elle n'inspire plus de désir aux hommes : sa tentative de se prostituer se solde même par un échec.

À la fin du roman, la nourriture devient même une obsession pour Gervaise qui n'a plus de quoi manger : « Elle ne sentait plus sa faim ; seulement, elle avait un plomb dans l'estomac, tandis que son crâne lui semblait vide. » (chapitre XII) Zola montre encore une fois l'aspect animal de la vie ouvrière : une vie tournée vers la satisfaction des besoins vitaux, où l'intelligence des hommes est laissée de côté.

De l'industrie à l'oisiveté

Peu de temps après que Lantier et Gervaise sont arrivés à Paris, Lantier abandonne sa famille. La jeune femme, ne pensant qu'au bienêtre de Claude et Étienne, travaille alors durement pour leur assurer une vie décente. Zola la décrit comme une belle jeune femme travailleuse, dure à la tâche :

> « Gervaise, les manches retroussées, montrant ses beaux bras de blonde, jeunes encore, à peine rosés aux coudes, commençait à décrasser son linge. Elle venait d'étaler une chemise sur la planche [...] ; elle la frottait de savon, la retournait, la frottait de l'autre côté. Avant de répondre, elle empoigna son battoir, se mit à taper, criant ses phrases, les ponctuant à coups rudes et cadencés. » (chapitre I)

Malgré l'accident de son mari, elle ouvre sa propre boutique et subvient aux besoins de son ménage et de Lantier qui vit en parasite. Toutefois, la paresse de son ancien amant et l'alcoolisme grandissant de Coupeau la détournent de son travail, elle se laisse aller à ses penchants héréditaires pour la boisson et la fainéantise. Quand elle aura perdu sa blanchisserie sous l'insistance des deux hommes et à cause des dettes, sa volonté s'amenuisera et elle finira par se laisser porter par les évènements sans plus se battre.

Après la première fuite de sa fille, Gervaise se laisse complètement aller et son travail s'en ressent. Elle passe de place en place, elle qui était auparavant si appliquée :

> « Depuis un mois, elle ne travaillait plus chez madame Fauconnier, qui avait dû la flanquer à la porte, pour éviter des disputes. En quelques semaines, elle était entrée

> chez huit blanchisseuses ; elle faisait deux ou trois jours dans chaque atelier, puis elle recevait son paquet, tellement elle cochonnait l'ouvrage, sans soin, malpropre, perdant la tête jusqu'à oublier son métier. » (chapitre XI)

Elle finit par devenir bonne et se fait là encore congédier car elle est accusée de boire l'alcool de son employeuse. Finalement, elle cesse de travailler, ne se lève même plus le matin et se contente d'attendre après Coupeau : « Et, en attendant, comme midi n'avait pas sonné, elle restait allongée sur la paillasse, parce qu'on a moins froid et moins faim, lorsqu'on est allongé. » (chapitre XII) Après la disparition de son mari, elle tente de survivre sans chercher à retravailler, comme si cela appartenait à une autre vie. Elle se contente de mendier et essaie de se prostituer : elle est prête à tout, même à manger des choses répugnantes pour un pari.

De « sa belle boutique bleue » à la « niche »

Après l'accident de Coupeau et malgré sa longue convalescence, Gervaise loue une ancienne mercerie pour y ouvrir sa propre blanchisserie et ainsi, devenir son propre patron. La boutique a été retapissée et repeinte pour accueillir le nouveau commerce, qui sert aussi de logement : « Gervaise s'asseyait sur un tabouret, soufflait un peu de contentement, heureuse de cette belle propreté [...] Derrière la boutique, le logement était très convenable. » (chapitre V) Petit à petit, le couple meuble son lieu de vie de plus en plus confortablement.

Le travail ne manque pas, Gervaise embauche même des employées. Mais le retour de Lantier marque la fin de cette période de prospérité. Gervaise est influencée par les deux hommes et commence à délaisser son commerce. Le linge sale s'accumule et sent de plus en plus fort, la boutique n'est plus entretenue :

> « Naturellement, à mesure que la paresse et la misère entraient, la malpropreté entrait aussi. On n'aurait pas reconnu cette belle boutique bleue, couleur du ciel, qui était jadis l'orgueil de Gervaise. Les boiseries et les carreaux de la vitrine, qu'on oubliait de laver, restaient du haut en bas éclaboussés par la crotte des voitures [...] Et c'était plus minable encore à l'intérieur. » (chapitre IX)

Lantier et Coupeau poussent Gervaise à fermer son commerce et celle-ci reprend son ancienne place de blanchisseuse. Le couple déménage dans un logement beaucoup plus petit où tous les meubles chèrement acquis n'entrent pas. Le zingueur boit de plus en plus, et Gervaise découvre que l'alcool calme la faim. Elle vend petit à petit toutes les affaires du ménage pour pouvoir manger et boire. Après la mort de son mari, elle ne peut plus payer de terme et elle s'installe dans la niche sous l'escalier du père Bru.

Malgré cette vision très sombre du milieu ouvrier, *L'Assommoir* reste un des volumes de la saga des *Rougon-Macquart* les plus lus et Gervaise l'un des personnages les plus emblématiques. La portée sociale du roman et sa description d'un quartier populaire en font un témoignage particulièrement vivant de la vie des ouvriers parisiens au xixe siècle.

QUELQUES QUESTIONS POUR APPROFONDIR SA RÉFLEXION...

- Au chapitre II, Gervaise craint l'avenir : « Son rêve était de vivre dans une société honnête, parce que la mauvaise société, disait-elle, c'était comme un coup d'assommoir, ça vous cassait le crâne, ça vous aplatissait une femme en moins de rien. » (p. 57) Commentez cette citation. Que peut-on en conclure au vu de la fin du roman ?
- Comparez le mariage des Coupeau, la fête de Gervaise et la communion de Nana. Que symbolisent ces scènes festives ?
- Quel rôle tient l'hérédité dans *L'Assommoir* ? Que cherche à démontrer Zola ?
- Dans ce roman, chaque lieu a une signification particulière. Expliquez en vous aidant d'exemples.
- Dans la littérature bachique, sur le modèle de Rabelais, les vertus du vin sont célébrées. Montrez comment Zola rompt avec cette tradition.
- Pourquoi, selon vous, l'auteur a-t-il choisi de construire le récit autour d'un personnage féminin ? Justifiez votre réponse.
- En quoi le chapitre XI de *L'Assommoir* annonce-t-il déjà la vie qui sera celle de Nana dans le roman qui porte son nom ?
- À la parution du roman, le journaliste et écrivain Albert Millaud proteste : « Ce n'est plus du réalisme, c'est de la malpropreté ; ce n'est plus de la crudité, c'est de la pornographie. » (*Le Figaro*, 1er septembre 1876) Partagez-vous

cet avis ?

- Zola écrit dans *Le roman expérimental* à propos du roman naturaliste : « Au bout, il y a la connaissance de l'homme, la connaissance scientifique, dans son action individuelle et sociale. » En quoi peut-on appliquer cette théorie à *L'Assommoir* ?
- Selon vous, à quel moment la vie de Gervaise bascule-t-elle de la réussite à la ruine ? Cette déchéance aurait-elle pu être évitée ?

Votre avis nous intéresse !
Laissez un commentaire sur le site de votre librairie en ligne
et partagez vos coups de cœur sur les réseaux sociaux !

POUR ALLER PLUS LOIN

ÉDITION DE RÉFÉRENCE

- ZOLA É., *L'Assommoir*, Paris, Hachette, coll. « Classiques Hachette », 1999.

ADAPTATIONS

- *L'Assommoir*, film de Maurice de Marsan et Charles Maudru, avec Louise Storza, Jean Dax et Georges Lannes, France, 1921.
- *L'Assommoir*, film de Gaston Roudès avec Line Noro, Daniel Mendaille et Henri Bosc, France, 1933.
- *Gervaise*, film de René Clément, avec Maria Schell, François Périer et Suzy Delair, France, 1956.

SUR LEPETITLITTÉRAIRE.FR

- Commentaire de lecture portant sur le chapitre XIV d'*Au Bonheur des dames* d'Émile Zola.
- Commentaire de lecture portant sur la scène du bal de *La Curée* d'Émile Zola.
- Commentaire de lecture portant sur l'incipit de *Germinal* d'Émile Zola.
- Commentaire de lecture portant sur le chapitre V de la cinquième partie de *Germinal*.
- Commentaire de lecture portant sur l'incipit de *Nana* d'Émile Zola.
- Commentaire de lecture portant sur le chapitre VI de *Nana*.

- Fiche de lecture sur *Au Bonheur des dames*.
- Fiche de lecture sur *Germinal*.
- Fiche de lecture sur *Jacques Damour* d'Émile Zola.
- Fiche de lecture sur *L'Argent* d'Émile Zola.
- Fiche de lecture sur *L'Œuvre* d'Émile Zola.
- Fiche de lecture sur *La Bête humaine* d'Émile Zola.
- Fiche de lecture sur *La Curée*.
- Fiche de lecture sur *La Fortune des Rougon* d'Émile Zola.
- Fiche de lecture sur *La Mort d'Olivier Bécaille et autres nouvelles* d'Émile Zola.
- Fiche de lecture sur *La Terre* d'Émile Zola.
- Fiche de lecture sur *Le Ventre de Paris* d'Émile Zola.
- Fiche de lecture sur *Madame Sourdis et autres nouvelles* d'Émile Zola.
- Fiche de lecture sur *Pot-Bouille* d'Émile Zola.
- Fiche de lecture sur *Thérèse Raquin* d'Émile Zola.
- Questionnaire de lecture portant sur *Germinal*.
- Questionnaire de lecture portant sur *Nana*.

Retrouvez notre offre complète sur lePetitLittéraire.fr

- des fiches de lectures
- des commentaires littéraires
- des questionnaires de lecture
- des résumés

ANOUILH
- Antigone

AUSTEN
- Orgueil et Préjugés

BALZAC
- Eugénie Grandet
- Le Père Goriot
- Illusions perdues

BARJAVEL
- La Nuit des temps

BEAUMARCHAIS
- Le Mariage de Figaro

BECKETT
- En attendant Godot

BRETON
- Nadja

CAMUS
- La Peste
- Les Justes
- L'Étranger

CARRÈRE
- Limonov

CÉLINE
- Voyage au bout de la nuit

CERVANTÈS
- Don Quichotte de la Manche

CHATEAUBRIAND
- Mémoires d'outre-tombe

CHODERLOS DE LACLOS
- Les Liaisons dangereuses

CHRÉTIEN DE TROYES
- Yvain ou le Chevalier au lion

CHRISTIE
- Dix Petits Nègres

CLAUDEL
- La Petite Fille de Monsieur Linh
- Le Rapport de Brodeck

COELHO
- L'Alchimiste

CONAN DOYLE
- Le Chien des Baskerville

DAI SIJIE
- Balzac et la Petite Tailleuse chinoise

DE GAULLE
- Mémoires de guerre III. Le Salut. 1944-1946

DE VIGAN
- No et moi

DICKER
- La Vérité sur l'affaire Harry Quebert

DIDEROT
- Supplément au Voyage de Bougainville

DUMAS
- Les Trois
  Mousquetaires

ÉNARD
- Parlez-leur
  de batailles,
  de rois et
  d'éléphants

FERRARI
- Le Sermon sur la
  chute de Rome

FLAUBERT
- Madame Bovary

FRANK
- Journal
  d'Anne Frank

FRED VARGAS
- Pars vite et
  reviens tard

GARY
- La Vie devant soi

GAUDÉ
- La Mort du
  roi Tsongor
- Le Soleil des
  Scorta

GAUTIER
- La Morte
  amoureuse
- Le Capitaine
  Fracasse

GAVALDA
- 35 kilos d'espoir

GIDE
- Les
  Faux-Monnayeurs

GIONO
- Le Grand
  Troupeau
- Le Hussard
  sur le toit

GIRAUDOUX
- La guerre de
  Troie
  n'aura pas lieu

GOLDING
- Sa Majesté des
  Mouches

GRIMBERT
- Un secret

HEMINGWAY
- Le Vieil Homme
  et la Mer

HESSEL
- Indignez-vous !

HOMÈRE
- L'Odyssée

HUGO
- Le Dernier Jour
  d'un condamné
- Les Misérables
- Notre-Dame
  de Paris

HUXLEY
- Le Meilleur
  des mondes

IONESCO
- Rhinocéros
- La Cantatrice
  chauve

JARY
- Ubu roi

JENNI
- L'Art français
  de la guerre

JOFFO
- Un sac de billes

KAFKA
- La Métamorphose

KEROUAC
- Sur la route

KESSEL
- Le Lion

LARSSON
- Millenium I. Les
  hommes qui
  n'aimaient pas
  les femmes

LE CLÉZIO
- Mondo

LEVI
- Si c'est un
  homme

LEVY
- Et si c'était vrai…

MAALOUF
- Léon l'Africain

MALRAUX
- La Condition humaine

MARIVAUX
- La Double Inconstance
- Le Jeu de l'amour et du hasard

MARTINEZ
- Du domaine des murmures

MAUPASSANT
- Boule de suif
- Le Horla
- Une vie

MAURIAC
- Le Nœud de vipères

MAURIAC
- Le Sagouin

MÉRIMÉE
- Tamango
- Colomba

MERLE
- La mort est mon métier

MOLIÈRE
- Le Misanthrope
- L'Avare
- Le Bourgeois gentilhomme

MONTAIGNE
- Essais

MORPURGO
- Le Roi Arthur

MUSSET
- Lorenzaccio

MUSSO
- Que serais-je sans toi ?

NOTHOMB
- Stupeur et Tremblements

ORWELL
- La Ferme des animaux
- 1984

PAGNOL
- La Gloire de mon père

PANCOL
- Les Yeux jaunes des crocodiles

PASCAL
- Pensées

PENNAC
- Au bonheur des ogres

POE
- La Chute de la maison Usher

PROUST
- Du côté de chez Swann

QUENEAU
- Zazie dans le métro

QUIGNARD
- Tous les matins du monde

RABELAIS
- Gargantua

RACINE
- Andromaque
- Britannicus
- Phèdre

ROUSSEAU
- Confessions

ROSTAND
- Cyrano de Bergerac

ROWLING
- Harry Potter à l'école des sorciers

SAINT-EXUPÉRY
- Le Petit Prince
- Vol de nuit

SARTRE
- Huis clos
- La Nausée
- Les Mouches

SCHLINK
- Le Liseur

SCHMITT
- La Part de l'autre
- Oscar et la Dame rose

SEPULVEDA
- Le Vieux qui lisait des romans d'amour

SHAKESPEARE
- Roméo et Juliette

SIMENON
- Le Chien jaune

STEEMAN
- L'Assassin habite au 21

STEINBECK
- Des souris et des hommes

STENDHAL
- Le Rouge et le Noir

STEVENSON
- L'Île au trésor

SÜSKIND
- Le Parfum

TOLSTOÏ
- Anna Karénine

TOURNIER
- Vendredi ou la Vie sauvage

TOUSSAINT
- Fuir

UHLMAN
- L'Ami retrouvé

VERNE
- Le Tour du monde en 80 jours
- Vingt mille lieues sous les mers
- Voyage au centre de la terre

VIAN
- L'Écume des jours

VOLTAIRE
- Candide

WELLS
- La Guerre des mondes

YOURCENAR
- Mémoires d'Hadrien

ZOLA
- Au bonheur des dames
- L'Assommoir
- Germinal

ZWEIG
- Le Joueur d'échecs

www.lepetitlitteraire.fr

ISBN version numérique : 978-2-8062-1984-8
ISBN version papier : 978-2-8062-1129-3
Dépôt légal : D/2013/12603/511

Avec la collaboration de Johanna Biehler pour la présentation de l'auteur « Émile Zola » et le chapitre « La chute de Gervaise ».

Conception numérique : Primento,
le partenaire numérique des éditeurs.

Ce titre a été réalisé avec le soutien de la Fédération Wallonie-Bruxelles, Service général des Lettres et du Livre.